D1095503

J

IVO Y LA PIEDRITA
ISBN 978-607-9344-71-9
1ª EDICIÓN: 15 DE MAYO DE 2015

©2015 BY BRENDA LEGORRETA
©2015 DE LAS ILUSTRACIONES BY ELSIE PORTES
©2015 BY EDICIONES URANO, S.A.U.
ARIBAU, 142 PRAL. 08036 BARCELONA
EDICIONES URANO MÉXICO, S.A. DE C.V.
AV. INSURGENTES SUR 1722 PISO 3, COL. FLORIDA,
MÉXICO, D.F., 01030 MÉXICO.
WWW.URANITOLIBROS.COM
URANITOMEXICO@EDICIONESURANO.COM

EDICIÓN: VALERIA LE DUC
DISEÑO GRÁFICO: ELSIE PORTES

IMPRESO EN CHINA — PRINTED IN CHINA

BRENDA LEGORRETA • ILUSTRADO POR ELSIE PORTES

IVO
Y LA PIEDRITA

A IVO NO LE GUSTABA CAMINAR

¡NADA DE NADA!

SE LE HACÍA LARGO, CANSADO Y ABURRIDO.

HASTA QUE UN DÍA SE ENCONTRÓ
UNA PIEDRITA Y TODO CAMBIÓ.

ENTONCES SÍ...

¡CRUZARON LA CALLE POR UN
PIANO GIGANTE!

TAMBIÉN VIERON TRABAJAR A...

LAS JIRAFAS

DE LA CONSTRUCCIÓN

LOS ACORDEONES
DEL METROBÚS.

JUNTOS CONTARON "3, 2, 1, 0" PARA...

Y FUERON ESPÍAS EN...

UN BUZÓN **SUBMARINO.**

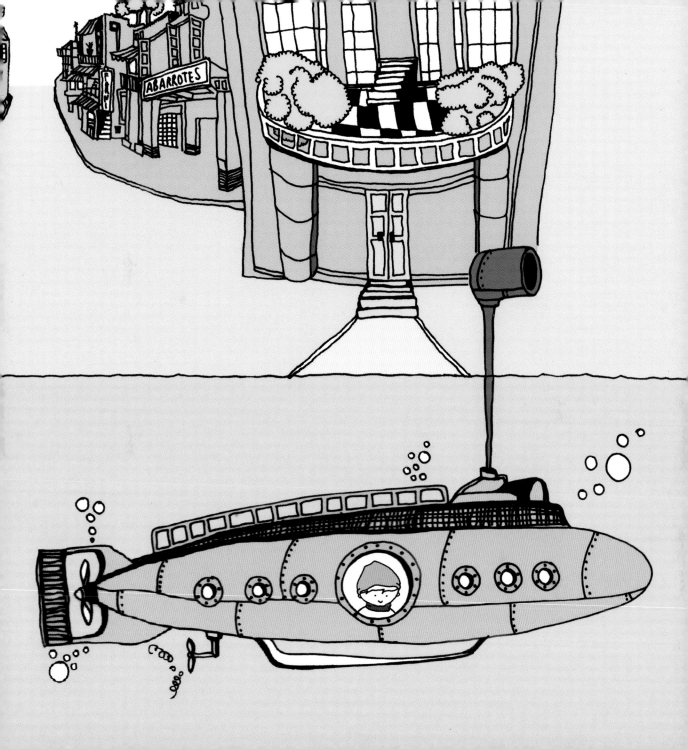

LA PIEDRITA LE CONTÓ...

EL SECRETO DE LA FUENTE.

Y LE PRESENTÓ A...

LA MISMÍSIMA LUNA.

HASTA QUE ...

UN
AGUJERO NEGRO
LA ABSORBIÓ POR LA BANQUETA,

SIN EMBARGO, IVO DESCUBRIÓ LAS FORMAS DE
LA CIUDAD QUE AHORA ANIMAN SU CAMINAR.